로라와 로라

로라와 로라

심지아 시집

민음의 시 249

민음사

우리는 잘 도착했습니다
'잘' 이라는 부사가 생략하는 것들과 함께

차례

1부

등을 맞대고 소녀소녀

테이블 아래에서
아이들은
놀이를 발명한다
생물이 잠을 발명하듯이

얼굴 위로 떠오르거나 지는 것들
우리가 기도라고 읽는 것

긴 바다뱀처럼 구불구불한
등 뒤를 맞대고

쉿, 이라는 말이 좋았다
    손가락을 입술 가까이 대고

쉿, 이라고 말하는 것
    흘러내리는 것
    시작되는 것

지붕이 부드러워지고

떠오르는 접시들

무릎을 꿇고
충실한 초상화처럼
네가 벗어 놓은 우주

우리가 빠트린 것들을 말해 볼래

축복을 내리는 허공처럼
수첩 속에서

너는 아무것도 발견하지 못할 거야

이상한 활주로

나는 토성의 고리, 여섯 번의 비명을 지르는

나는 멀리 던진 부메랑, 새들의 이마에 부딪히며 안녕

나는 때로 읽히는 책, 꿈의 허리를 쓰다듬는

나는 귓속에 펼쳐진 지도, 낯선 음표들의 동굴

나는 분홍 뺨, 거짓말들의 사탕 봉투

나는 한밤의 괘종시계, 불면을 배달하는

나는 해 질 녘의 그림자, 긴 목으로 인사하는

나는 토끼, 앞니로 뜀박질하는

나는 빨래집게, 햇살의 부푼 배를 깨무는

나는 불협화음, 아픈 아가를 위한 자장가

나는 계단, 오직 뛰어내리기 위해 오르는

나는 여름, 우산과 장화의 날들

나는 바람개비, 은밀하게 미친

나는 타이밍, 어긋나기 위해 태어난

나는 창문, 노크는 금물

나는 마법사, 검은 모자에 손을 넣는 순간을 사랑하는

로라와 로라

로라와 로라, 한 사람처럼
두 사람처럼, 다섯 사람처럼, 로라와 로라

의자의 이름처럼
의자에 앉은 쌍둥이처럼
의자에 앉은 이름이 같은 사람처럼
의자에 앉은 이름이 다른 사람처럼
의자에 앉은 긴 이름의 외계인처럼
의자에 앉은 오후 다섯 시의 햇빛처럼
의자가 많은 기차처럼
한 개의 의자가 정지한 밤처럼
한 개의 의자가 사라진 낮처럼
사색하는 코끼리처럼
사색을 중단한 사제처럼
사색에 놓인 시체처럼
로라와 로라,
사랑했던 한 개의 이름처럼
미워했던 한 개의 이름처럼
개처럼 짖는 사람처럼

개처럼 조용해진 사람처럼
이름이 지워진 묘비명처럼
로라와 로라,
가장 나이며 가장 나의 것이 아닌 것처럼
가장 너이며 가장 너의 것이 아닌 것처럼
로라와 로라,
책상 위로 팔을 올리는 감정처럼
책상 위에 턱을 괴고
얼굴이 비대칭으로 자라나는
로라와 로라

너의 부족

노크 소리가 들렸다

들어와

우리는 한 조각의 모자처럼
의자 위로 떠오른다

이마에는 밀도가 부여되는 것 같다

들어와

문을 두드릴 때
이상한 세계에 대한 느낌이 시작되었다

목요일이 조금씩 지워지고
떠오르는 모자는 목요일의 영혼 같았다

난간들은 믿을 수 없이 부드럽고

두 손은 불빛과 음악으로 가득 차 있다

조금씩 무너지고 있는 눈보라와 같았다

상자

양 한 마리만 그려 줘

우리에겐 쓰다듬을 것이 필요해요
맥주 거품처럼 부드럽게 녹는 팔찌를 하고

양 한 마리만 그려 줘

들판은 넓고
풀이 자라는 소리가 들리게

양 한 마리만 그려 줘

종이에는 울음소리가 부족하니까

웃자란 풀숲에 무얼 감추러 오겠니
정오의 여우야

세 개의 다리로 몸을 낮추고
무얼 맡으러 오겠니

그림자에는 그림자의 관능이
들판에는 들판의 전조가
바람결에는 무질서한 이야기

먼지 속에 한 줌의 비가 섞여 있다면
손가락에 바깥이 감기고 있다면
빛이 어지러움에 섞이고 있다면

         양 한 마리만 그려 줘

예배 시간

기도에는 뭔가 멋진 것이 있어요

아니요

그 손가락이요

소년의 손가락은 부드럽고 길어요

영원히 자라나는 어둠 속 뿌리처럼

기도문은 몰라요

제발 은밀해지세요

수도원 담장 옆에는 소년이 태운 담배꽁초들

소년의 손가락을 보기 위해 교회에 갑니다

눈꺼풀이 오래도록 닫혀 있는 시간

공손한 기울기로 기울어진 머리들

내 목에는 여러 개의 닫힌 창문들

안으로 바람 소리를 내며

길어집니다

소년의 손은 두 개의 혀

다른 말로 겹쳐지는 시간

우리는 세상 끝 벤치에 앉은 개들처럼

벤치를 밀며 벤치를 밀며

높이 떨어지는 것을 좋아해요

너의 손은 차갑고 아름답구나

목을 졸라 주겠니

내 목젖은 운석처럼 단단해

우리는 모두 변성기를 지나왔지만

소년은 소녀를 사랑하느라

긴 손가락으로 소녀의 목을 감아요

열리지 않아 부서지는 창문들

울지 마 금세 싫증 낼지도 몰라

파이프 오르간 반주에

노래 부르는 성가대

노랫말은 몰라요

우리는 파이프처럼 귀를 감고

손가락을 던져요

딱딱함과 부드러움

테라스 의자에 앉아 오래된 바게트를 깨물어요. 어쩌면 해가 지고 있거나 해가 뜨고 있을 거예요. 그럼 의자를 조금 옮기며 납작한 목소리로, 달이라도 상관없어요. 단단한 것에 이빨을 박는 느낌, 한 가지에 집중하면 금세 들뜬 기분이 들어요. 치과의사는 주의를 주었지만 선생님 안전하다는 건 아무래도 비현실적이에요.

우리 할머니는 두 개의 이빨만이 남았어요. 그건 몹시 작은 문 같아서, 예쁘고 무서워서 나는 꼼짝없이 생각에 잠겨요. 내가 멍하니 있는 게 지루하다면 할머니 입을 다물어도 좋아요. 너는 너무 버릇이 없구나. 그래요 나도 사랑해요.

내가 치과의사였다면 동그르 돌아가는 의자에 앉아 뱅글뱅글 제자리 돌며 생각에만 빠져 있을지도 몰라요. 환자들은 턱이 닫히지 않아 제대로 원성도 못할 거예요. 그럼 우린 상냥하고 평화로운 걸까요.

벽돌이라면 튼튼한 망치로. 뺨이라면 새 가죽 냄새나는 글러브로, 한 방향으로 내리치며 그러니까 그래서 감정을

절약하는 방식입니다.

　수줍은 정원사는 자주 밀짚모자를 들어 인사해요. 엉터리 말들은 그의 손길만큼 가볍고. 그는 무거워서 아무 데나 덫을 떨어트려요. 덫에 물린 이웃들은 붕대를 감고 골목을 걸어가요. 붕대에 감긴 몸을 보면 어쩐지 조금 너그러워지는 기분이 들어요. 사람들은 내가 공정하길 바라지만

　오, 나는 편애합니다. 더 많이 좋아하거나 더 많이 싫어하지 않고는 글쎄요 하루는 너무 길어요. 학교에 가야 하나요. 아이들은 더 부드러운 붕대에 감기고 싶어 해요. 아픈 아이 둘레로 앓고 싶은 아이들이 돌돌 말린 붕대 위에 편지를 씁니다. 개새끼, 낫지 마라.

　그래요 나도 사랑해요.

발생과 표현

주머니에 손을 넣고
주머니에서 손을 뺄 때

잃은 것이 있다고 생각해
잃어버린 것이 있다고

가득
이라는 말 속에
꽉 차 있는
부족함

오렌지 가득 담긴
절망의 맛

네가 그리려던 정물화

끔찍함을 구부리며 놀다가
아 아 아 발아하는 씨앗들

머리숱처럼 경험이
풍부해지고 있어

머리숱처럼 혼돈이
풍부해지고 있어

행과 연으로
구분되지 않는
사랑이

2부

이웃들

토마토를 손에 쥐었다

몸 밖으로
두 개의 심장을
꺼내 놓은 것처럼

손은 뜨겁고
빛난다

손이 이루는
부드러움의 세계

으깨짐은 고요한 포옹의 방식일까
열렬한 비명의 방식일까
정물처럼, 갸웃할 머리가 사라졌다는 듯이

나는 나의 알몸처럼
나는 나의 온도처럼
멀어지는 낱말처럼

여름은 너의 불안에서 딴 토마토
한 알처럼 아름답고

물 밑에 가라앉은 발목처럼
미끄럽다

나는 1초 전의 생각을
1초 후에 지속할 수 없다

그 밖의 모든 시간에서
파랗게 토마토가 자라는 것처럼

모든 침대는 일인용이다

창백한 밤이야 목조 프레임이 흔들렸다 기억하지 못할 이야기를 사랑하느라 잠드는 사람들 여러 번 깜빡이는 형광등처럼 우리의 내부는 밤새 어둡게 번쩍인다 환한 정전이거나 검은 불빛이거나

수평으로 누워 바라보는 세계는 어쩐지 내가 사라진 곳에서 펼쳐진 풍경 같아 서늘하고 담담한 간격으로 우리는 낯설어지고 우리는 아늑해진다 점점 커지는 시계 소리 그것을 심장이라 믿으며

새벽 무렵 눈을 뜨면 잠긴 건물들 사소하고 쓸쓸해 지평선은 사라지면서 나타나고 우리는 걷는다 마땅한 인사를 건네지만 우리가 말아 쥐고 있는 것은 목화솜 이불, 기억나지 않는 이야기는 유일하게 싫증 나지 않아

외출 직전

안녕 캐롤린, 주황색 카디건에 팔을 넣는다. 친밀한 소동처럼 투정 부리며 너는 오늘도 접시를 던졌지. 나는 네가 겨냥하는 곳에 서서 깨지고 싶었어. 첫 번째 접시와 두 번째 접시가 빗나갔을 때 너는 피하지 않는 나를 보며 으르렁거렸지. 세 번째 접시와 네 번째 접시가 복사뼈와 종아리에 부딪혔어. 너는 울먹이며 말했지. 접시가 날아올 땐 식탁 아래로 몸을 감추라고. 알고 있잖아 캐롤린, 숨을 수 있는 곳은 너무 빤해. 소파 뒤거나, 닫히려는 문과 열리려는 문 사이라는 걸.

네가 던진 다섯 번째 접시가 날아온다. 네 손을 떠난 것을 의심하느라 캐롤린. 내 오른쪽 광대뼈에서 흐르는 걸 닦지 말자, 캐롤린, 두 장의 접시가 남아 있어. 자꾸만 자라나는 송곳니를 감추며 어떤 접시에 코를 박고 그것을 핥았었을까.

한방에서 웃음소리와 울음소리가 동시에 커질 때, 선반 위의 그릇들은 잘게 깨지고. 내밀었던 등을 세우고 다독였던 손을 주머니에 넣으며.

안녕 캐롤린, 수첩을 넘기다 네가 남긴 낙서를 본다. 우리는 가장 은밀한 시간에조차 공공연하지. 들키기 위해 거짓말하는 아이처럼. 머리를 묶으며 머리채를 잡아당기던 너의 손가락을 생각한다.

　캐롤린, 겹쳐지던 손금들을.

오전의 스트레칭 0

책상과 팔이 닿는다. 책상의 온도가 살갗으로 전해진다. 추위가 떠날 수

있는 성질의 것이라면. 나는 소매를 끌어당겨 추위를 떠날 것이다.

곁에

    머리카락은 잠들어 있다 공기 중에서 산호처럼 흔들렸다 손가락이 머리카락을 쓸어내렸다 쪼개진 석류의 아름다움처럼 꿈의 틈새가 벌어진다 손가락은 꿈에 잠긴다

    암실에는 물이 흐른다 네 혈관 속 물고기가 피워 올린 노래들 돌멩이의 형상으로 물속 깊이 가라앉는다 우주의 하얀 잠 속에서 부푸는 이야기처럼 돌멩이가 자란다 물결은 돌의 꿈을 방문한다 꿈이 느리게 용해된다 손가락은 물의 뿌리처럼 돌멩이를 감싸 쥔다 네 몸속 심장처럼

    내 귓속 초록 밀밭을 불태우며 가꾸는 것들 네 심장 소리는 모스부호처럼 외롭고 단단한 문장으로 도착한다 우리는 고요를 나누어 마신다 너는 물기 많은 계절을 부른다 나는 장님처럼 또렷하고 모호한 너의 살갗을 쓰다듬는다

터널

자석의 두 극이 빚어내는 무늬들처럼
나는 오늘의 네 꿈을 엿보았으면

폭포

물이 쏟아진다

곡예가 열어 놓은

극지

무얼 복구하려는 거니

어딜 통과하려는 거니

투명이 줄줄 샌다

물고기처럼 쏟아진다

액체의 기분이 흘러내리는

식도처럼

우리들의 테이블

이곳의 밀도는 듬성하다 차가운 이름을 입안에 굴리며 오늘 우리는 프로스트다 우리의 이름은 날씨와 닮았고 우리는 종종 예측을 벗어난다 눈이 온다 프로스트 순식간에 허공은 느슨한 입체가 된다 눈송이를 훅 분다 줄이 끊긴 애드벌룬처럼 우리가 떠 있는 곳은 여기가 아니다

하나의 배경 속에서 두 개의 눈사람을 만들었고 이름을 붙이지 않았다 1과 1은 2이거나 0이었다 우리의 방정식은 단조롭고 우리는 종일 말을 더듬고 싶다

눈을 뭉치면 단단한 문장이 되었지만 눈싸움이 더 좋았다 과녁에 열중하는 투수처럼 어깨는 단단해진다 괜한 것에 씨익 웃으며 어깨를 으쓱하는 일이 자꾸만 어울리지 않는다

찡그리는 표정과 웃는 표정은 같은 근육을 사용한다 표정보다는 근육을 읽고 싶지만
악취로 우리는 서로를 알아본다

발끝으로 의자를 민다 지구의 둘레를 미끄러지며 우리의 의자는 적도를 통과하고 있다 무릎을 굽혔다 펴는 소리가 테이블 위로 도착한다 가장 뜨거운 도시에서 우리는 납작해진다 프로스트 우리는 매일 짙어진다 서로를 알아볼 수 없을 만큼 멀리 떨어져 눈을 뭉치지만

정물화 도둑

봉제선은 말끔할 때조차 기괴하다.
이브의 매끄러운 옆구리에서 사과가 쏟아진다.

떨어지는 순간, 사과는
사과를 뱉어 내는 사과처럼
뱀이 된다.

뒤죽박죽이야 세계는.
붓으로 뱀을 그리는 어린 세잔의 이목구비는 아직
가지런하다.

캔버스 위에 붙였다 떼었다 한다.
 한 개 혹은 여러 개의 사과로 질문인 얼굴을 완성할 수
있어?
 사과 꼭지를 도려내는 칼끝처럼 날카로운 모서리들

밤은 머리가 많은 뱀처럼 베개가 부족해.
불행을 조제하는 테이블에서
알약들의 테두리를 애무하며

밤의 넓은 목구멍을 바라본다.

베어 문 사과처럼
손등만이 남아 있는 시간

사과의 반쪽은 사과가 도달한 옆얼굴인가.
부족한 손등은 시간의 완전한 테두리인가.

절반의 사과는 보다 짙은 냄새
한 개는 부족하고 반쪽은 충분해.
못된 쌍둥이처럼

이상하다고 되뇌게 되는 물체
목소리처럼 이빨 자국이 찍힌다.

점점 좁아지는 사각형 위에 팔을 괴고
얼굴을 모은다, 툭
떨어트리기 좋게

혀는 입안에 젖은 융단처럼 깔려 있다.
이빨은 가장자리로 밀려난다.

탁자 위에는 파이기 쉬운 사과 한 알
알겠다는 듯
모르겠는 얼굴로
아이가 남겨 둔 것

등의 쓸모

저수지의 낚시꾼과 거리의 동상이 닮아 갈 때
모퉁이를 돌아가는 양이 보게 될 것을
알지 못한다

주의가 산만한 이야기도
매혹이 필요한 공백도 아니다
소녀의

얼굴에서
가위질 소리가 들린다

두 개의 날이
날카로워지는 순간이

여름 자르기

벽을 따라가면 길을 잃게 된다
담쟁이는 길이 끊어진 곳에서 무성하다

너는 여름의 테이블에 앉아

초록을 위해 한잔
고독을 위해 한잔
부디

불길함을 위해 한잔해 다오

물끄러미 여름은
너의 긴 목을 바라본다
너는 마치 녹색의 보호를
너는 마치 녹색의 호소를

잘 닦인
면도날이 반짝이는
세면대로 신의 긴 여름이 쏟아진다

그것은 아직도

쏟아지는
중이어서

꿈에서 고유해지는 광경 같다

잠의 정원에 새들이
시선을 짓고 있다

둥지를 허무는
감각을 짓고 있다

태어나자
나는 나의 이야기를
믿지 않게 되었다

부엌의 부흥

글쎄
라고 말하는 일은 채소를 닮았다
도마 위에 채소를 눕히고
작은 조각으로 썰며 나는
사랑을 느낀다

글쎄
라고 말하며 달걀이 된다
문고리를 만들며 꿈꾸기 좋은 곳
끈적임은 고전적이고
새로워 아무도 요청하지 않았는데
꿈과 파괴 사이 반쯤 빚어진 형상으로

글쎄
라고 말하면
물컵에 잠긴다
불규칙한 계단을 쌓는 싹들

토르소의 잘린 단면들

모든 입가에는 부스러기들이 묻어 있다

시간은 도마가 된다
*글쎄*라고 말하게 되는 곳

기하학적인 감정 속에서
기하학적인 가능성 속에서

글쎄
라고 말했다

여기야,
부서지는 곳

3부

수달 씨, 램프를 끄며

　지구에 태어나 얻게 된 건 현기증이에요 수달 씨 둥근 이마로 포물선을 그으며 종종 졸도합니다 아름답게 쓰러지기 위해 물가에 살아요 물고기의 머리를 뜯으며 어린 무용수의 발끝처럼 포즈를 고심합니다 머리 뜯긴 물고기들은 지느러미를 파닥여요 열렬한 격렬함입니다 날마다 나는 더욱 날카롭게 안을 수 있어요 깨지 않는 악몽을 물고 물고기들 내게로 와요 큭큭 웃는 우리는 병신(病身)입니다 나는 어두운 것에 쉽게 매료됩니다 엄마가 남긴 유산은 악습이에요 구멍 속에 꼬리를 넣어야만 잠들던 엄마의 낮과 낮들, 낮과 낮은 같은 말이었을까요 어둠을 오래 바라보느라 내 눈은 검은 돌멩이처럼 반짝이는 줄도 몰라요 붉은 수초를 등에 감고 물방울을 높이 던집니다 내게 말을 걸 땐 물속으로 들어와요 기괴한 몸짓도 이곳에서는 물의 동작이 됩니다 물결에 지문을 풀면 녹슨 안개가 피어나요

유년기

여기 낱말들이 작은 어깨를 떨며 누운 곳

빈집 찬장 속 젖은 그릇들처럼

노인의 서랍에서 밀가루 반죽처럼 부푸는

전할 수 없는 안부 인사처럼

나는 잘 지냅니다

찬장 깊이 아끼던 나무 스푼이 있었어

사라진 코와 외팔을 이불 밖으로 내밀고

꽁꽁 언 젤리 같은 밤의 과육을 떠먹던

나는 밤의 놀이터

기찻길을 떠돌던 경적들이 고여 든다

무엇을 향한 소리입니까

아주 많은 계단이 있었는데

물이 반쯤 담긴 수통처럼

출렁이며 넘어졌는데

목이 긴 빗자루를 쥐고 건반을 쓸던 쥐들은

낡은 악보 위에서 휘파람을 분다

언덕에는 오후와 오전의 성벽들

괴물의 이빨처럼 쓸쓸하게 자라난다

커다란 떡갈나무 잎이 떨어진다

나는 의자에 앉는다

왜소한 그림자들이 발끝으로 새어 나간다

깨어나는

그래서 더 잠든

한밤중

같은 눈을 뜬다

드로잉

걸어간다

나의 뒷면으로

지저귐 없는

뒷면으로

회전목마를 타고

조가비 같아 불이 꺼진 상점들은

어둠을 달팽이의 집처럼 이고 손을 흔드는 엄마

조랑말들은 회전 속에 표정을 묻는다

나는 말의 목을 껴안고

플라스틱 목덜미가 휘어진다

빈방에서 대화를 시작하는 말더듬이처럼

가만히 흔들리는 커튼들

사물 위로 영혼을 벗어 놓는 사람들

폐장한 놀이공원에서

밤새 그림자를 박음질한다

실패에 감긴 실은 모두 풀려나갔는데

영혼은 공기보다 모호하다

내가 알지 못하는 낮과 밤의 부피

과거는 미래처럼 서툴고

손안에는 따뜻한 한 컵의 우유가 있다

테이블은 미래에서 도착한 지진처럼

우리보다 오래 흔들린다

사물함의 습도

　제발 말썽을 일으키는 일로 하루를 보내지 마라 잔소리
뿐인 엄마의 손글씨는 신경질 나게 우아하다 글씨체가 마
음에 들어서 자꾸만 편지 쓰는 엄마,

　　　　　　　　　　너무 자주 끊기는 계단처럼 답장
은 하지 않는다

　선반 위의 코끼리가 재채기했고 내 방은 그렇게 사라졌
다 발뒤꿈치를 들면 손가락은 보다 절실해진다 깨끗한 손
수건과 마지막 치즈를 넣고 자물쇠를 채우면 발끝으로 귓
속말하는 기분 엉뚱한 문장이 떠오른다
　양의 등에 적힌 문구, 네 피를 의심하며 살도록, 10분간
의 후추

　생각보다 호들갑스러웠던 거위를 위해 비스킷을 모으고
사육법은 잊는다 밤마다 거위는 요란하게 울고 있을까 마
당에 두껍게 쌓였던 꿕 꿕 울음소리로 질 나쁜 종이를 만
들던 날들

　왼쪽으로 오른쪽으로 고개를 젓는다 생일처럼 어지럽고
열쇠처럼 의욕적인 기분이 든다

교외로 가는 1막

얼음들은 모서리를
잃어 가고 있다 모서리는 모두 수줍음을 탔지만 추위처
럼 가파르게 사랑이 스미고 있다 추위처럼 집요하게 사랑
이 스미고 있다

들리지 않는 여러분 듣지 않는 여러분 내게 다정함을 주
지는 마세요 암시하듯이 듣지 않는 여러분

어제는 공손해졌고 어제는 내던져졌고 어제는 한 아름
전등불을 켰다 어제는 소용돌이 모양의 이야기를 구웠다
어제 구운 과자 냄새가 낭떠러지를 흘리고 다닌다

얼음이 녹은 물을 마시면 길을 듣기 좋다 까다롭게 골
라 듣기 좋다 까다롭게 골라 듣느라 시간에 대한 감각을
잘게 분할하기 좋다 좋은 것을 좋아합니까 시시해진 것들
은 위트가 필요했는데

어제의 부드러움이 징그러웠다 밤새도록 밤이 녹고 있었다
녹는 속도로 미래를 엎지를 수 있었다

거미줄의 텍스트

아니요, 선생님 그것은 원통형의 실외처럼 보여요. 투명하고 비어 있어요. 아니요. 샬레 안에 배양되는 세균처럼요. 나는 실례합니다 하고 들어가요. 실례합니다 하고 서성여요. 실례합니다 하고 나오고 싶지만…… 나는 실례합니다라고 말하고 나의 실외에서 예절 없는 사람이 되어요.

예절 없는 사람이 되어 예절 있게 실외의 예절을 거닙니다. 예절 없는 사람의 예절이란 무엇인가요라고 묻는 단정한 입술을 무릎에 달고 실외를 거닙니다. 입술은 이동하고 싶어 하고 제자리가 아닌 것 같군요라고 말하는 부드러운 기관입니다. 그런 입술을 어깨에 달았다가 정수리에 달았다가 손등에 달았다가 얼굴에 달았다가 입술은 어디에 놓아야 잠잠해지는 살입니까.

실외에서 우리는 실외를 걸어 우리 내부의 어디 즈음을 지나고 있습니까. 투명하고 비어 있는 실외는 내가 흘러가고 싶은 내부 같군요. 흔들리는 고개들 때문에 왼쪽과 오른쪽이 명랑하게 침울해지는 실외를 거닙니다. 피크닉 나온 사람들이 실외에서 노래를 흥얼거립니다. 노래가 사람들을 흥얼거립니다. 행렬을 덧붙입니다. 피크닉 나온 사람들이 짧은 낙서를 하고 제목을 붙이고 실외를 묶어 봅니다. 피크닉 나온 사람들이 어긋난 말을 하고 꽃다발을 뒤섞고 돗자리를 펼칩니다. 새들이 부스러기를 쪼아 댑니다. 포만감이 배양되는 실외를 쪼아 댑니다.

  하지만 선생님, 실외는 공공장소인가요. 실외에는 백일장 나온 아이들이 고개를 푹 숙이고 있군요. 마음이 세균처럼 증식하고 있군요. 컵의 가장자리를 흐릿해진 인물들이 돌고 있군요. 컵의 가장자리 밖으로 실외가 넘치고 있군요. 실외가 비좁게 느껴져서 백일장 나온 아이들이 고개를 푹 숙이고 실외를 엎지르고 있군요. 집단적인 범람을 건축하고 있군요. 하지만 선생님, 문장은 어떻게 연결될 수 있는 건가요. 관절처럼 실외를 움직여 실외의 이야기를 전개하고 싶은데요, 실외의 소멸을 상실하고 싶은데요, 실외에서 빛은 낭비되고 인물들은 실외의 관절이 되어 어긋나는데요, 공공연하게, 실외에 방백을 풀어놓는데요, 발랄한 관절들이 기하급수적으로 증식하는데요, 포화되는 실외에서 최대치로 뒤섞여 버리는데요, 자꾸만 혼자를 데려가 버리려 하는데요,

자라나는 페이지

그날 언니의 머리에서 연기 가득한 성단이 태어났는데
요 우리는 들키지 않게 두툼한 벨벳 커튼을 내렸는데요 콜
록콜록 기침을 하며 시곗바늘을 삼켰는데요 부풀지 않고
도 터질 수 있어 우리는 마법사가 되기도 했는데요 막내는
검은 모자 속으로 들어가 머리를 넣었다가 빼었다가 하는
데요 까꿍이라고 말하면 쥐고 있던 모빌을 던집니다 모빌
은 빙그르 날아오르며 푸드득 새가 되기도 하는데요 갓 태
어난 성단이 새의 다리를 물고 놓질 않는데요 우악스럽게
앙 무는데요 엄마는 자꾸만 사각형의 방을 낳고 코를 곱니
다 누나 저 소리를 견딜 수 없어 막내는 가르쳐 주지도 않
은 말을 합니다

삼 년째 같은 그림을 그리던 셋째가 캔버스를 우그러트
립니다 구겨지는 자화상에서 셋째의 손목들만 우수수 쏟
아지는데요 손목들이 부딪히며 바닥에 수북한 언니의 머
리카락을 움켜쥐는데요 바닥에 붓질을 하는데요 물이 고
이고 수초가 자라는데요 넷째는 물에 비친 제 얼굴을 미워
하느라 노래를 흥얼거리는데요 수초를 쥐어뜯는데요 물고
기들이 귀를 막고 물속에서 뛰쳐나옵니다 늙은 고양이가

물고기를 입에 물고 벽 속으로 뛰어드는데요 셋째가 그 위에 액자 틀을 겁니다

언니는 저런 걸 머리에 이고 무겁지도 않은 걸까요 막내는 모자 속에서 잠이 들었습니다 너무나 뜨거워서 가볍다고 말하기도 전에 언니가 열기구처럼 떠오르는데요 천장에 쿵쿵 부딪히는데요 다리 물린 새가 날개를 움직이는데요 우리는 지루해서 열기구 속으로 들어갑니다 막내가 담긴 모자를 쓰고 천장이 부서집니다 고양이가 잘 발린 생선뼈를 높이 던집니다 영문도 모른 채 엄마는 얇게 썬 양파 같은 표정을 짓습니다 막내는 가르쳐 주지도 않은 말을 하려 입술을 움직이는데요

보석 세공사의 스탠드

밤의 옷장은 약병들로 가득하다
딸들은 병에 담긴 액체를 몰래 꺼내 마신다
머리카락은 날마다 더 아름다워진다
머리채를 베어 목을 매달고 싶을 만큼

내가 지금의 너희들을 낳았지

죽은 별의 조각을 웅덩이에 담그면
양손에 안개를 쥔 아기들이 저절로 태어나고

그래 그래서 나는 언제나 뿌연 꿈속 같았지
아기들의 울음소리는 비현실적으로 또렷하고
나는 그 시간을 늙어 버린 아침이라고 생각했다

텅 빈 요람을 흔들며
나는 어리석게 젊어진다

꼭꼭 숨었니
눈을 뜨고 술래놀이했지만

딸들은 용케도 집 안 구석구석에 스며든 기억처럼 몸을
감추고
　변기 위에 앉아 나는 그 애들을 부를 목소리를 다듬는다

　기억나지 않니
　요람을 밀며, 우는 너희들의 귀에 속삭였던 송곳 같은
목소리가
　살갗은 얼어붙은 날개처럼 부서졌었지

　깨진 거울을 좁은 작업대 위에 펼치고
　딸들의 얼굴이 되어 가는 시간
　허옇게 물이 빠진 불빛 아래서
　나는 핀셋으로 나를 집는다

　내가 미래의 너희들을 낳았지

거주

집은 지속적인 도난 상태에 놓여 있다

풍경의 예절

호소하는 창문이 있었다
비가 지우는 풍경이 있었다

과거형은 사냥개다
나는 문장 속에 사냥을 풀어놓는다

건물에는 창문이 많고
예절은 거의 가능해 보인다

사냥개들은 나타나길 기다린다
사냥개들은 사냥을 기다린다

그렇지만 나는 문장 속에 지연을 풀어놓는다
사냥을 단념하는 방식으로
지속되는 사냥을

수평으로 수직으로 대각선으로 나선으로 무정형으
로……
사냥개들이 쌓이며 늘어선다

사냥개들은 기하학을 사랑해

순서대로 순서 없이 사납게 짖어 댄다
순서 없이 순서대로 사납게 침묵한다

번식하는 어항을 깨트리고
잃어 가는 모국어를 깨트리고

건물의 일부인 듯
쪼개지는 기억들

한 땀 한 땀 꿰매진 물건들
초록이 줄줄이 꿰어진 바늘들은
(대답하는) 여름을 실패한다

너무 많은 질서와
간헐적인 희박함 사이로

믿음을 제외하고

모든 것이 분명해지고 있었다

가능성의 빗방울들이
창문의 호소를 응시하고 있었다

개별적인 내면이
탄생하고 있었다

생경한 고통이
지켜지고 있었다

위의 정원사

정원에 위(胃)를 심었다. 우리에게는 정원이 있었지만 무언가를 심거나 가꿔 본 적 없으므로 정원이라 말하기 무색한 것이었다. 나는 잠자리에 누워 가족들의 긴 식도로 정원에 물을 주는 상상을 하곤 했지만 그것이 위일 것이라곤, 아버지의 위일 것이라곤 상상하지 못했다.

흙 속에는 단단하게 굳은 집의 그림자가 묻혀 있었다. 가족들은 마당에 서서 죽은 자신을 바라보듯 낯선 표정으로 그림자를 내려다보았다. 그림자를 파자 혼선된 무전기처럼 소리들이 쏟아져 나왔다. 우리는 말없이 곡괭이질에 몰두한다. 발등에서 자꾸만 피가 났다.

그의 몸에서 더운 숨이 사라지기 전부터 그는 벽돌처럼 딱딱하게 굳어 갔다. 나는 아버지의 딱딱한 몸을 포개어 쌓은 벽 같은 것을 떠올리기도 했다. 만일 우리가 썩지 않는다면 아마도 누군가는 사람들을 벽돌처럼 쌓아 집을 만들었을 것이다. 그런 집에는 커다란 정원이 있을 것이다. 수없이 많은 꽃들이 밤과 낮의 순서로, 봄과 여름의 순서로, 우리가 가져 본 적 없는 질서로 피어나는 정원 말이다. 그리고 그 정원의 관리인은 날마다 꽃을 꺾어 벽돌의 틈새마다 끼워 놓겠지. 당신이 사랑했던 꽃들을.

그의 묘비에 글씨를 쓸 때 나는 궤도 밖으로 멀어져 가는 검은 포도알처럼 사소하고 담담하다. 더는 보이지 않는 포도알이 허공의 입자들과 부딪히는 소리를 듣는다. 그것은 유령들의 웅성거림처럼.

죽음 이후에도 그는 원하는 것이 있고 위 속에는 덩이진 미끄러운 씨앗들이 양서류의 알처럼 고여 있겠지. 꼬리를 가진 것들이 작은 동그라미 속에서 죽은 사람의 꿈을 흔들고 동심원의 끝에서 그는 눈을 뜬다. 그리고 꿈 밖의 사람을 바라본다.

녹슨 청동거울처럼 아무것도 되비추지 않는 정원에서 바람만이 은밀한 야생동물처럼 여름을 드나들고 있었다.

드라큘라

여름은 온혈동물이다

여름의 목덜미를 쓰다듬으면 땀을 흘리며 긴 잠을 잘 수
있을 것 같다 여러 개의 사물이 되어 분열하는 풍경을 살
다가 문득 다시 여름의 한가운데로 불려 나오는

낮게 으르렁대는 개처럼 여름은 침착하고, 없는 손들의
노크 소리처럼 여름은 무성한데 여름의 목덜미는 어디 즈
음에서 만져질 수 있는 건지, 여름을 길들이려는 것도 여름
에 길들여지려는 것도 아닌데

착한 개처럼 여름은 피가 덥고 나타나지 않고 으르렁거
리는 것인데 으르렁대는 개를 착하지 하고 부르다가 개는
착하지 하고 부르게 되는 것이라고, 그것은 개의 성질도 개
의 냄새도 개 같은 일도 아닌데

개의 상냥함에는 꼬리가 없고 개의 그림자가 없고 식은
땀이 솟는 목덜미가 없고 목덜미는 한여름에도 서늘해지
고 목덜미는 갑자기 단절되는 곳인데

침실에는 공기가 부족하고 침실에는 호흡에의 의지가 부족하고

여름 과일처럼 쉽게 무르는 이야기로 여름을 살다가 여름 과일처럼 쉽게 무르는 이야기로 죽음을 살다가

검은 스크린을 마주 보며 도열해 있는 의자에 앉아 우리의 의지는 극장의 의자들을 모방하며

문득 여름의 한가운데로 불려 나온 깨진 새처럼 천천히 발작을 그치며 깃털 새로 스미어 나오는 피는 아스팔트의 열기를 훔치며

폭우처럼 쏟아지는 빛의 증식 속에서 여름의 목덜미는 어디 즈음에서 만져질 수 있는 건지 여름을 길들이려는 것도 여름에 길들여지려는 것도……

소유자

당신은 몇 개의 허용을 가졌습니까 당신은 발아래를 바라봅니까 내장의 안쪽을 봅니까 양옆의 문장을 바라봅니까

나는 나를 너라고 부르던 순간부터 같은 테이블에 앉아 둘의, 셋의, 넷의……, 아무래도 좋을 낙서를 합니다 일인칭과 이인칭과 비인칭을 초과하여 테이블의 확장을……

악몽 속에서 세계는 간결합니다 말줄임표처럼 고요하고 말줄임표처럼 풍부합니다 악몽 속에서 세계는 가지처럼 조용한 식탁을 차리고 목 아래부터 자화상을 시작합니다

한 국자씩 나누어 담을 접시가 필요합니다 한 국자씩 떼어 놓을……

케이크에 박은 양초처럼 불타오르는 것은 무엇입니까 거리에는 언제나 축하할 것이 남아 있는 기분입니다 양 갈래로 그늘을 묶고 눈을 깜박이는 아이들, 아이들은 거리의 활용을 발명합니다

냄새에 사로잡혀 물을 휘젓는 물고기들, 물고기도 물에 익사합니까 끝은 무정형의 장르입니까 하지만 너무 비좁지 않습니까 끝이라는 단어는

　산 물고기처럼 죽은 물고기처럼 문장은 문장을 마주 보지 않습니다 언어로만 존재하는 것들을 오래 생각했습니다 언어가 잊은 것들을요……

좀비

반복되는 악몽은 나의 아름다운 세계처럼 여물어 가
세계가 폐허의 동의어일 때 우리는 눈물 없이 깨어났지

겨울로 손을 뻗어 열매를 따고
기도처럼 다정하게 그것을 쥐고
여름에 누웠어

파이같이 나의 시체는 결이 많고 가볍게 바스러진다
바람에게 나는 통과할 것이 많아지지
공기에 밑줄을 긋고 보이지 않는 낱말이 되었어

토기처럼 딱딱하게 굳은 마음
토기처럼 딱딱하게 굳은 마음
호흡처럼, 죽음은 반복적이고 중요한 것이 되지

나의 기도문은 나의 죽음
제발
　　　　끝장나고 싶은데
아주 긴 당근을 먹는 토끼처럼 무료한 무덤

세계가 시시해지자

작고 가득한 포자를 터트리며
너는 걸었어

4부

고양이 무렵

설명을 포기하자
고양이가 되었다
고양이가 되어
머릿속이 새하얘진 사람들을 따라 걸으며
고양이는 고양이를 운반하고 있다
고양이는 무료함을 이동시키고 있다
고양이는 고양이의 무료함을 이동시키다가
무료함들을 식별하게 되고 고양이가 고양이를
운반하는 방식으로 무료함들을 이동시킨다
텅 빈 기분을 죽은 쥐처럼 물어뜯다가
젖은 것이 먹고 싶어져 그것을 떨어트리고 걸어간다
고양이는 고양이를 엎지르기도
고양이는 고양이로부터 튀어 오르기도 하지만
고양이는 고양이를 끌고 가지 않는다
고양이는 혼자를 뒤적인다
고양이는 혼자를 여럿처럼 뒤적인다
여럿을 빗소리처럼 뒤적인다
죽은 물고기 위로 파닥이는 빗소리처럼
덩어리를 바르고 있다

무심하고 방종한 한 개의 꼬리가 여럿처럼 흔들린다
예와 아니오의 다름을
잘 구분하지 못하는 어린 시절처럼
고양이는 고양이를 운반하는 방식으로
가려움들을 운반한다
고양이는 희귀하지도 고양이는 가득하지도
새하얘진 머릿속에 내려앉아
고양이는 고양이를 재채기한다

유원지

노 젓는 소리가 물의 옆구리를 벌려 놓는다

물고기 배의 연약함

나는

나의 과육이 되어도 좋았다

복화술사

내 책상 위에는
뾰족하고 예쁘게 웃는 아이들,
거짓과 거짓 사이 그림자를 벗어 두고서

겨우 파란 사과 한 알,
서서히 응고되는 얼굴,
처럼 목젖이 딱딱해진다

맥락을 잃은 목소리와
네 개의 모서리가
사각형을 벗어날 때

낱낱의 다리가 풍경에서 제외될 때
얼굴을 중단하는 방식으로 배달되는 안식일

손안에서 뜨거운 근육처럼
시간이 조형된다
언제나 덜 헤맨 장소가

대답하려 할 때 나는 늘
부끄러움을 느낀다

부화

사과를 쥐면 귀가 사라진다.

고백을 시작할 수 있을 것 같다.

그렇지만 나는 솔직하다는 말을 잘 이해하지 못한다.

고백에는 언제나 거짓이 섞여 있고

용서받는 일은 지루하다.

손안에서 끓다가 찐득하게 녹는 칼자루들.

사과 냄새를 흘리며 하루는 대부분 타오르는 중.

여름 과수원에 눈을 다오.

테두리 없이 펼쳐지는 거대한 이불을 다오.

이불 밖으로 내민 얼굴의 사색을 덮을 폭설을.

白의 이불은 우주적이고.

아흔아홉의 아이야 이리 와.

독자적인 얼굴로 쌍둥이들이 잃어 가는 윤곽.

눈 쌓인 과수원 둘레를 돌며 전정가위로 울타리를 자른다.

꿈에 만져 본 신의 젖은 뼈.

우리에게는 상한 과육 냄새가 난다.

우리들의 입은 소용돌이 모양을 하고 있다.

모든 고백을 시작할 수 있을 것 같다.

빈칸의 경험

오래전 밤은 나를 열어 흐트러진 것들의 긴 해변을 넣어 두었다 그런 해변이란 적적하고 소란스러운 것이라서 잠을 자다가 거리를 걷다가 아무 데서나 발이 푹 빠지며 나는 갸르릉 소리를 듣게 된다

내가 깨어나는 세계는 서랍의 형식을 하고 있다 내가 잠 드는 세계는 서랍의 형식을 하고 있다 서랍 속에 담긴 채 로거나 서랍 밖으로 떨어진 채로 건축의 모호함을 듣게 되 는 것이다

나는 어디가 없는 사람 모양 집으로 가다가 집을 잃어버 리고 나는
집으로 가고 싶다는 기억이거나 습관인지도
나는 집을 버리고 싶은 사랑이거나 방향인지도

서랍을 갖지 않아도 서랍을 열 수 있어서 유령처럼 배가 고프다 거듭해서 서랍에 연루되는 서랍을 닫으며 서랍에서 쫓겨나거나 서랍을 잃어버리며

아무래도 서랍은 연못처럼
아무래도 서랍의 밖은 연못처럼
들여다보게 되는 곳

물고기들의 무정과 다정이 좋아서 연못을 들여다본다
너의 무정과 다정이 좋아서 나는 연못을 들여다본다

서랍을 열거하며 서랍을 망각하며 아무래도 서랍은 죽
음을 경험하는 일에 가까워지는 곳 아무래도 서랍은 죽음
을 보호하는 일에 가까워지는 곳

서랍이 많아서 서랍은 배가 고프다 서랍이 부족해서 우
주는 배가 고프다 웃을 때 아무것도 흔들리지 않게 되어
서 나는 나의 균열을 잘 바라볼 수 있다

케이크 자르기

잡음에게도 고른 음량을 주고 싶다

방문객

1

모든 말들은 마녀의 손안에서 반짝이는 예쁜 사과 같아

　바구니에 말을 담고 말을 타고 길을 나서네

　말은 목이 길고 길은 말의 목보다 길고 말의 목은 사과를 감추기 좋고 길의 목은 사과를 떨어트리기 좋고 길의 목은 사과가 구르기 좋고 길의 목은 사과를 줍기에도 좋은데 바구니에 담긴 달그락거리는 말들 바구니를 끼고 고개를 까닥이며 졸다가 바구니에 담긴 사과가 와르르 쏟아져 나온다 바구니에 담기지 않은 사과까지

　우리가 처음을 선물하는 방식

2

왜 모든 말들을 마구간에 가둬야 하지

　모든 말들을 마구간에 넣을 순 없다 하지만 모든 말들을 마구간으로부터 풀어 줄 순 있다

텅 빈 마구간을 쓸며 한 마디도 하지 않는다면 한 마디도 떠오르지 않는다면 그건 말을 모두 잃어버렸기 때문 빈 마디가 자랐기 때문

오늘은 마디마디 빈 마디를 갖고 싶다 못갖춘마디를 갖고 싶다 마디마디 저녁을 짓다가 굴뚝을 짓다가 빨래를 하다가 찻물을 끓이다가…… 어느 접속사로도 연결되지 않는 빈 마디가 되어 가는

3
맴 맴 맴 나의 방백이 매미들의 언어와 섞이는 여름

말들을 모두 빗자루로 쓸어 사과나무로 보내지는 마시길 이곳에도 향기가 필요하다 이곳에도 떨어지는 것들이 썩어 가는 것들이 필요하다

말을 엮어 목걸이도 만들고 팔찌도 만들고 말을 짜 드레스도 만들었다 챙이 넓은 모자도 그러니 이제 바구니를 끼고 사과를 나누어 주러 가자

사과를 베어 무는 입과 혀와 목구멍의 일을 보러 가자

4

마녀의 손안에는 사과처럼 붉은, 사과처럼 둥근, 뜨거움
이 있다 뜨거움이 응고되는 손바닥의 숨죽인 장르가 있다

마녀의 불은 어디에서 시작되었나 무엇으로부터 시작되
었나 앗 뜨거워 손을 휘젓는 마녀 그것은 작별 인사 같다
그것은 환대의 몸짓 같다

불을 꺼트리는 법을 목소리를 꺼트리는 법을 알지 못하
기에 마녀는 마녀로 남는다 마녀는 불을 퍼트리는 불길인
가 불을 보호하는 불길인가

불길한 것에는 오래 타오르는 신선한 냄새가 배어 있다
거듭 타오르는 신선한 절망이 있다 부디

냄새를 해방시켜 주시길 코를 해방시켜 주시길 산책로에
서 개들은 오줌을 누며 기도한다

물체들의 밤

12월이 죽었다

잠에서 깨어 그것을 들었다

풀이 가늘게 자랐다

슬픔은 더 얇아질 수 없어서

그림자로 남았다

더 얇아질 수 없는 옷을

걸친 물체들이

12월을 지나고 있다

건널 수 없는 것을

건너고 있다

더미

대부분의 물음은 코끼리를 삼킨 보아뱀을 닮았다 모자
를 그리려다가 자기 뱃속을 그리게 되는 뱀과 뱀을 그리려
다가 뱀에 삼켜진 손가락의 몰입이 만나는 모자 안에서

거울아 거울아……, ……,

거울 앞에서 되뇔 질문을 잊어버린 마녀에게 거울이 떨
어트린 하얀 토마토 한 알 방 안을 수평으로 수직으로 대
각선으로 굴러간다 벽을 따라 벽에 부딪히며 선분을 죽죽
그으며 떨어진다 하얀 토마토가 하얀 벽에 부딪힌다 빈 것
과 텅 빈 것에 부딪힌다 빈 것과 텅 빈 것을 통과한다 그것
은 공간의 빈 부분을 느리게 발굴하는 동작 같다 빈 것과
텅 빈 것을 초과하여 비어 있는

시간을 읽어 보렴 시간을 말해 보렴 마녀는,   ,
들여다본다 그곳에 시간이 있는 것처럼 시간에서 제외된
것처럼 시간 곁에서 시간이 태어나길 기다리고 있는 것처
럼 강보에 싸인 시간을 발굴된 텅 빈 공간으로부터 안아
올려 텅 빈 팔로 가만히 흔들려는 것처럼

그렇지만 기억을 따라가진 않으련다

종이 위로 세 겹의, 다섯 겹의, ……, 그림자가 진다 이것을 마주 보는 거울이 적는 문장이라 해 두자 얇고 무게가 없고 두드리는 소리가 없고 증식하는 낭비하는 언어라고 그런 모국어로 적어 가는 고립의 역사를 떠올리는 일은 끝나지 않는 목구멍의 긴 고독을, 집단적인 목구멍의 길이를 그리게 되는 일과 닮았다

뱀을 그리려다 뱀에 삼켜지고 마는 골목의 아늑과 뱀을 그리려다 뱀을 삼키고야 마는 모자의 불편한 포만, 고립의 폭과 깊이는 알려지지 않았다 알려지지 않아도 좋았다 마녀는 여러 갈래로 진행되는 균열을 낯설게 바라보고 있었다 마치 그곳에 시간이 잠들어 있는 것처럼 시간이 어려지고 있는 것처럼 마치 시간을 가지고 있지 않은 것처럼 마치 시간의 고요에 입 맞추고 시간으로부터 출발하는 것처럼 마치 소멸의 동작이 다른 시간을 마련하는 것처럼

가가호호

엄마,

가려움을 꺼 주세요

밤은 내게 사유하는 사다리를 놓아 주었어요
나는 밤의 건축을 올라 지붕을 바라봐요
나를 벗어나 전개되는 전개를요
나를 벗어나 전개되는 폐쇄를요

엄마,

이야기 속에는 무엇이 있나요
이야기 속에서 우리는 환영을 잃어버렸고
그것이 우리를 슬프게 했었나요
잃어버린 것을 찾으러 이야기를
찾아 나선 죽음의 이야기를 들은 적이 있습니다

엄마,

얼굴은 낯선 것이었어요

입안에는 악몽의 맛이 남아 있어요

~~그것이 내 혀를 지킬 거예요~~
밤은 선언할 것이 적고 그것이
우리의 혀를 지킬 거예요

엄마,

가려움을 꺼 주세요.

5부

남겨진 체조

초여름과 눈송이로 만든 시소를 탔다

시소에 앉아 놀이터의 입술이 되어 주려고

빛이 우리를 엎질러서 무릎이 가난하다

빛이 우리를 앞질러서 다시 문장이 녹는다

죽음이 숨소리를 나누어 준다

부화하려는 새가 끝을 깨트리고 있다

오필리아

테이블은 뗏목처럼
사각의 평면에서 나는 흔들리는 밤의 대부분을 보내기로
밤의 나머지를 남겨 두기로

테이블은 뗏목처럼
우리는 흐르는 것을 발명하기로
피에 휩쓸려 몸을 돌고 돌기로
우리는 우리를 운반하기로
우리는 우리를 놓치기로

물의 일이 되다가
불의 일이 되다가
점성을 갖기로

테이블은 뗏목처럼
차라리 호흡처럼
차라리 누설처럼
한 올 한 올 깨어나는 머리카락처럼
한 올 한 올 저항하는 머리카락처럼

테이블은 뗏목처럼,

　　　엎드린 등처럼,

　　　나의 익사체처럼,

내게는 중력보다 더 큰 힘이 필요하다

내게는 나에 대한 진술이

내게는 불규칙한 서사가

내게는 유일하지 않은 이야기가

내게는 무한에 대한 방탕이

내게는 폐와 아가미와 살갗의 일이

뱉어내려는 듯 뱉어지려는 듯

끓고 있는

식고 있는

운반되고 있는

밤의 나머지가

세잔, 아무 데서나 잠을 잔다

문장은 휘발성이다

모든 날씨는 계시적이다

거울을 매장한 곳에서

기도(氣道) 소리가 들린다

기도의 내용은 텅 비어 있다

이불은 불길을 덮는 데 사용해 온

오래된 오브제다

    사과가 떨어진다

사각사각

좁아지는 곳에

사각사각

삼켜지는 곳에

사각사각

태어나는 감각에

한 알의 사과가 떨어지는 동안

사과가 구부려 놓은 중력이

엎질러지는 동안

펼쳐지는

다발성의 고독들

사과가 빠져나가고 있는 화판 속에

문장이 느리게 회전시켜 보는 여름 속에

엎드린 등이 창궐하는 자정 속에

거듭 지연되는 아름다울 이야기 속에서

어둠으로부터 탈구된

　　　　　사과의 운동이

잠든 사람

내가 누워 있을 때 나는 어떻게 보이니

무른 이야기가 서랍 속으로 떨어진다

서랍은 연주되는 악기는 아니지만

그러니 서랍을 켜 다오

모서리에서 자라는

서늘함을 켜 다오

물체에서 자라는

비인칭의 슬픔을 켜 다오

비가 온다

모서리들이 죄 온다

우리는 모서리들에 걸터앉아 모서리를 살아가며

모서리를 놓치자

비가 온다

모서리들이 죄 온다

내게 비 같은 평화

내게 피 같은 불안

나는 비인칭의 슬픔을 건축하련다

모서리를 건축하련다

어떤 범람을

일종의 범람을

건축을 유실하는 건축을

빈칸의 경험

빈칸에 눕는다 나는 눕는 것을 좋아한다 눕는다 라는
말은 나보다 천천히 눕는다 눕는다 라는 단어가 가로등처
럼 곳곳에 서 있는 것을 본다

눕는다 라는 말에 불을 밝혀 본다 하나하나 꺼트린다
나타났다 사라지렴 스르르 누우렴

눕는다 발음할 때 주어의 빈자리는 천천히 눕고 천천히
일어난다 양옆을 바라본다 목적어의 빈자리를 천천히 눕히
고 천천히 일으킨다 몸은 늘 어떤 각도를 이룬다

빈칸에 눕히고 싶은 것들을 생각해 본다 하지만 빈칸은
혼자 눕기 좋다 한 칸 한 칸 채우고 싶지는 않구나 그것은
고독을 연결하는 방식도 고독을 해체하는 방식도 아니다

빈칸에 풀씨가 날아와 자라 줄래 이것은 오늘이 하는
말이다
오늘은 비어 있다 오늘이 오늘에 눕는다 오늘은 가로등
처럼 곳곳에 서 있다

빈칸에 텅 빈 개가 와 가려움을 뜯는다 가려움은 오래
되었고 가려움은 어리다 빈칸에 어린 가려움이 와 먼 행성
을 바라본다 텅 빈 염소의 수염이 빈칸을 쓸고 간다 빈칸
은 다음 칸으로 번지지 않는다 빈칸은 닫히지도 열리지도
않는다 빈칸에 누워 나는

　　까끌까끌해진다

의자 쌓기

긴 의자는 복도다 복도는 긴 의자다 긴 의자에는 창문이 있다 창문에는 네가 보게 되는 것들이 있다 보고 싶은 것들이 있다 고개를 돌리고 싶은 것들이 있다 네가 끌어당겨 놓은 도망이 있다 복도로 달음질치는 복도가 있다 뛰고 있는 의자의 관자놀이가 있다 관자놀이를 잃어버린 의자가 있다 의자에게는 의자의 의지가 있다 의지가 텅 비는 순간이 있다 그런 순간들이 잦아진다 텅 빈 복도에서 들려오는 노래가 있다 의자에 앉아 그것을 듣는 의지가 있다 그런 순간들이 잦다 의자는 접힌다 의자는 던져진다 의자는 점처럼 작아진다 의자는 지우개로 지워진다 팔에 점이 번진다 흩어진 점들이 더 멀리 흩어진다 팔은 흩어진 의자들과 흩어진 복도들을 들어 올리려 한다 팔은 산재된 무게들을 들어 올리려 한다 의자는 펼쳐진다 의자는 녹는다 의자는 곰곰 생각한다 의자는 땀에 젖는다 의자는 고개를 처박는다 의자는 물에 젖어 의자에 앉는다 의자에 앉아 의자의 소용돌이 치는 부분이 된다 의자의 소용돌이를 삼킨 식도가 된다 뛰고 있는 관자놀이가 된다 긴 의자를 헤매고 있는 복도가 된다 떠들기 위해 의자는 입술 없음을 지속한다 의자의 부족한 다리를 위해 의자는 입술 없음을 지속한다 복도에서 사라지는 놀이를 하는 아이들이 있다 놀이 속에서 하나 둘…… 아이들이 사라질 때마다 깨어나는 복도의 생경함이 있다 돌아오겠니 돌아와 줘 웅얼거리는 웅얼거림이 있다 웅얼거림을 웅얼거리는 긴 복도가 있다 복도의 생경함을 더 길게 자라게 하는 웅얼거림이 있다 복도에게는 입이 없으니까 복도에게는 혀가 없으니까 복도의 식도가 생생해진다 의자에 앉아서 복도는 의자를 지탱한다 의자에 앉아서 의자를 전개한다 의자를 좌절시키는 의자에 앉아서 복도를 좌절시키는 복도에 서서 예언자는 잠이 든다 잠에서 깨어나지 않는다 그의 잠이 의자에 놓여 있다 그의 잠이 흩어져 있다 팔은 산재된 무게를 들어 올리려 한다 팔은 산재된 무게 없음을 들어 올리려 한다 팔은 의자의 잠을 목축한다

어떻게 책장은 굴뚝의 고독을 선회하는가

라는 물음에서 짧은 이야기가 시작되었다 모든 이야기는 짧고 동시에 모든 이야기는 길다 우리는 이야기가 시작되는 것을 좋아한다 이야기가 이야기 속에서 사라져 버리는 것을 이야기의 끝이 도처에서 사라져 버리는 것을 좋아한다 이야기 속에서 우리는 숨바꼭질을 배웠다 이야기 속에서 나를 잃어버린 사람들이 우리로 돌아온다 그러니 우리는 단수인가 복수인가 집단적인가 해방적인가

그러니 굴뚝이 죽 늘어선 풍경에서 이야기를 시작하자 숨바꼭질하기 좋은 장소에 대해서 이야기를 시작하자 믿는 사람들과 믿지 않는 사람들이 가파른 굴뚝을 짓고 있는 풍경에서 이야기를 시작하자 굴뚝이 솟아오르고 금이 가고 부서지는 풍경의 융기와 함몰에 대해서 이야기를 시작하자 연기가 오르고 연기가 그치는 굴뚝들의 생태계를 시작하자 이야기를 믿지도 믿지 않지도 않는 굴뚝들의 생태계를 시작하자 잠깐을 긴 시간처럼 놓쳐 보기 위해 텅 빈 내부에 몰두하는 굴뚝들의 진기함에 대해 믿지도 믿지 않지도 않는 이야기를 시작하자 그보다는 어떻게 잠깐이 굴뚝의 텅 빈 구멍 속으로 떨어져 놓쳐 버린 긴 시간이 되는지에 대해, 그런 굴뚝들이 죽 늘어선 집단적인 풍경의

내밀함에 대해, 믿지도 믿지 않지도 않으며 빈 부분이 되어 가는 굴뚝들의 생태계에 대해, 목구멍 같은 저 텅 빈 기립에 대해 아니 땐 굴뚝에서도 피어오르는 이야기에 대해, 굴뚝이 낭독하는 소음에 가까운 무음에 가까운 텍스트들의 흩어짐에 대해, 우후죽순 늘어선 굴뚝의 해체적인 포즈에 대해, 숨바꼭질처럼 다정하고 신기로울 이야기의 공간을 시작하자

범람

양을 세는 일은 문득 시작된다
양 한 마리 양 두 마리 양 세 마리 양 네 마리……

양들이 흩어진 풍경이 나타날 때까지
양들이 흩어진 풍경이 고요하게 고집스럽게 구겨질 때까지

양들이 읽을 수 없는 것들이 될 때까지
양들이 읽을 수 없는 것들에 대한 감각이 될 때까지

핏속에는 도덕이 없고
나는 조금 슬픈 것 같아
나는 조금 의심하는 것 같아

양에게 넘치는 것은 하얀색
양을 세다가 양을 세다가 나는
색깔이 부족해진다

부족한 것은 내게 잘 어울려
나는 조금 아무렇게나 놓인 것 같아

아무렇게나 양을 세도 언제나 양은 그럴듯해지네

풀을 쓸면 쉽게 손가락이 베이는 것이 좋아
풀을 쓸면 대지는 오래도록 엎드려 있는
어린 포유류 같아 기도의 자세니 슬픔을 길들이는 자세
니 아가야

풀밭에서 얼굴은 건초 자루가 될 때까지
풀밭에서 양들은 입구가 될 때까지

부족한 것이 나의 도덕이 될 때까지
부족한 것이 나의 윤곽이 될 때까지

목이 보호하는 목소리처럼 고요하게
고집스럽게
양을 세다가 양을 잃다가

베란다 소설

베란다에서 여자는 나열을 시작한다. 베란다의 유리창에는 헐벗음이 비친다. 이 목 구 비 아무것도 담기지 않아 선선하다. 베란다에서 여자는 나열을 시작한다. 나열에는 무엇이 있나. 나열에는 무엇이 빠져 있나. 나열에는 나열에 불과한 것이 있다. 여자는 나열에 불과한 것을 나열하기 시작한다. 나열에 불과한 나열을 나열하기 시작한다. 여자는 베란다에서 나열되는 단순함을 나열되는 단조로움을 나열하기 시작한다. 베란다는 나열되는 것들로 가지런하다. 나열에 불과한 것이 나열되는 베란다는 빈방 같기도. 거리 같기도. 해변 같기도. 여자는 나열에 불과한 것이 나열되는 장소 같기도. 나열에 불과한 장소가 나열에 불과한 나열을 나열하고 있다. 베란다는 이미 어두웠고. 베란다의 어둠은 충분한 밝기였고. 베란다의 감정은 충분한 무감정이다. 여자가 나열하는 나열은 적체되지 않고 베란다의 충분한 어둠에 녹아 베란다의 충분한 밝기가 되어 가고 있었다. 나열에 불과한 것이 나열되는 충분한 어둠이 되어 가고 있었다. 충분한 어둠에 불과한 것이 충분한 밝기에 불과한 것을 나열하고 있었다.

지은이　　　심지아

1978년 출생.

2010년《세계의 문학》신인상으로 등단했다.

로라와 로라

1판 1쇄 펴냄 2018년 6월 18일

1판 3쇄 펴냄 2022년 3월 14일

지은이 심지아

발행인 박근섭, 박상준

펴낸곳 (주)민음사

출판등록 1966. 5.19. (제16-490호)

서울특별시 강남구 도산대로1길 62(신사동)

강남출판문화센터 5층 (06027)

대표전화 02-515-2000 / 팩시밀리 02-515-2007

www.minumsa.com

ISBN 978-89-374-0869-4 04810

　　　978-89-374-0802-1 (세트)

* 이 시집은 2017년 대산창작기금을 수혜받아 출간되었습니다.

* 잘못 만들어진 책은 구입처에서 교환해 드립니다.

믿음의 시
목록